OSCAR WILDE

Das Gespenst von Canterville

EINE HYLO-IDEALISTISCHE
ROMANZE

AUS DEM ENGLISCHEN ÜBERTRAGEN VON
ERNST SANDER

PHILIPP RECLAM JUN. STUTTGART

Originaltitel: The Canterville Ghost
A Hylo-idealistic Romance

Universal-Bibliothek Nr. 6817
Alle Rechte vorbehalten
© 1970 Philipp Reclam jun. GmbH & Co., Stuttgart
Umschlagzeichnung: Wilhelm Föckersberger
Gesamtherstellung: Reclam, Ditzingen. Printed in Germany 1998
RECLAM und UNIVERSAL-BIBLIOTHEK sind eingetragene Marken
der Philipp Reclam jun. GmbH & Co., Stuttgart
ISBN 3-15-006817-7

I

Als der amerikanische Botschafter Hiram B. Otis
Schloß Canterville kaufte, meinte alle Welt, damit
tue er etwas sehr Unbesonnenes; denn unwiderleg-
lich stand fest, daß es dort spuke. Tatsächlich hatte
Lord Canterville, ein Mann von peinlichstem Ehr-
gefühl, es für seine Pflicht gehalten, Mr. Otis von
diesem Umstande Mitteilung zu machen, als sie die
Bedingungen der Übernahme besprachen.

»Wir selber haben es nicht über uns gebracht, im
Schlosse zu wohnen«, sagte Lord Canterville, »seit
meine Großtante, die verwitwete Herzogin von
Bolton, vor Schreck einen Nervenschock erlitt, von
dem sie sich niemals völlig erholt hat, weil sich ihr
zwei Knochenhände auf die Schultern legten, als sie
sich zum Abendessen ankleidete. Ich fühle mich verpflichtet, Mr. Otis, Ihnen zu sagen, daß das Gespenst von mehreren Mitgliedern meiner Familie
gesehen worden ist, ebenso vom Gemeindepfarrer,
Ehrwürden Augustus Dampier, einem ehemaligen
Schüler des Cambridger King's College. Nach dem
unseligen Erlebnis der Herzogin waren die jünge-
ren Dienstboten nicht zum Bleiben zu bewegen, und
meine Frau fand häufig nachts nur sehr wenig
Schlaf, geheimnisvoller Geräusche wegen, die aus
Korridor und Bibliothek drangen.«

»Mylord«, antwortete der Botschafter, »ich werde
das Mobiliar mitsamt dem Gespenst zum Schätzungspreise übernehmen. Ich komme aus einem mo-
dernen Lande, wo man alles haben kann, was für
Geld zu kaufen ist; und in Anbetracht der Frische
unserer jungen Kerle, die die Alte Welt auf den

Kopf stellen und die euch eure besten Schauspielerinnen und Primadonnen entführen, bin ich der Meinung, daß, wenn es so etwas wie ein Gespenst in Europa gäbe, wir es binnen sehr kurzer Zeit daheim in einem unserer Museen oder als Wandertruppensehenswürdigkeit haben würden.«

»Ich fürchte, das Gespenst existiert wirklich«, sagte Lord Canterville lächelnd, »obwohl es den Lockkünsten Ihrer geschäftstüchtigen Impresarios noch nicht gefolgt ist. Drei Jahrhunderte hindurch, seit 1584 genauer gesagt, hat man darum gewußt, und es erscheint immer, bevor einer unserer Familienangehörigen stirbt.«

»Nun, das macht der Hausarzt genauso, Lord Canterville. Gespenster, verehrter Herr, gibt es nicht, und ich glaube kaum, daß zugunsten der englischen Aristokratie die Naturgesetze aufgehoben werden können.«

»Augenscheinlich hat man in Amerika recht gesunde Ansichten«, antwortete Lord Canterville, der Mr. Otis' letzte Bemerkung nicht ganz verstanden hatte, »und wenn ein Hausgespenst Sie nicht weiter stört, ist ja alles in Ordnung. Nur vergessen Sie bitte nicht, daß ich Sie gewarnt habe.«

Einige Wochen später wurde der Kauf endgültig abgeschlossen, und am Ende der Season siedelten der Botschafter und seine Familie nach Schloß Canterville über. Mrs. Otis, als Miss Lukretia R. Tappan, Westen, 53. Straße, eine gefeierte New Yorker Schönheit, war jetzt eine sehr hübsche Frau mittleren Alters mit schönen Augen und einem süperben Profil. Viele Amerikanerinnen tun, wenn sie ihr Vaterland verlassen, als litten sie an irgendeinem chronischen Übel, und meinen, das sei eine Form europäischer Verfeinerung; Mrs. Otis jedoch war diesem Irrtum mitnichten verfallen. Sie war prächtig gesund und besaß eine wahrhaft erstaunliche Menge robuster Eigenschaften. In vieler Hinsicht war sie völlig englisch und damit ein glänzendes Beispiel für die Tatsache, daß England und Amerika heutzutage alles gemeinsam haben, die Sprache natürlich ausgenommen. Ihr ältester Sohn, der in einem Augenblick patriotischer Anwandlungen von den Eltern Washington getauft worden war, was zu bedauern er nie müde wurde, ein blondhaariger, recht gut aussehender junger Mann, hatte seine Befähigung für die amerikanische Diplomatenlaufbahn dadurch erwiesen, daß er drei Seasons hintereinander den Kotillon im Newport-Kasino arrangiert und sich sogar in London Geltung als vorzüglicher Tänzer verschafft hatte. Gardenien und Peers waren seine einzige Schwäche. Abgesehen davon war er über die Maßen vernünftig. Miss Virginia E. Otis, ein fünfzehnjähriges kleines Mädchen mit schönen, freien, großen Blauaugen, geschmeidig und lieblich wie ein Rehkitz, war eine glänzende Reiterin und hatte auf ihrem Pony ein Wettrennen mit dem alten Lord Bilton, zweimal rund um den Park, mit anderthalb Längen gewonnen, gerade gegenüber der Achillesstatue, zum höchsten Entzücken des jungen Herzogs von Cheshire, der sogleich um sie angehalten hatte, jedoch noch am selben Abend tränenüberströmt von seinem Vormund zurück nach Eton geschickt worden war. Nach Virginia kamen die Zwillinge, für gewöhnlich das »Sternenbanner« genannt, weil sie fortwährend geschwenkt, das heißt verhauen wurden, entzückende Buben, die einzigen wahren Republikaner in der Familie, den ehrenwerten Botschafter ausgenommen.

Da Schloß Canterville sieben Meilen von Ascott, der nächsten Bahnstation, entfernt liegt, hatte Mr. Otis um einen Wagen telegraphiert, und frohen Mutes wurde abgefahren. Es war ein lieblicher Juliabend, und die Luft war erfüllt vom Duft der Tannenwälder. Dann und wann hörte man eine Holztaube, die sich an ihrer eigenen süßen Stimme ergötzte, oder man sah, tief im rauschenden Farnkraut, die schimmernde Brust eines Fasans. Kleine Eichhörnchen lugten von Buchenzweigen nach den Vorüberfahrenden, und Kaninchen flitzten über moosige Wurzelknollen durch das Unterholz davon, mit hocherhobenen weißen Schwänzchen. Bei der Einfahrt in die Schloßallee bezog sich indessen der Himmel plötzlich mit Wolken, seltsame Stille lastete in der Luft, ein großer Krähenschwarm flog lautlos über die Köpfe der Gesellschaft, und bevor sie am Herrenhause anlangten, fielen ein paar schwere Regentropfen.

Auf der Freitreppe stand zum Empfang eine alte Frau, schmuck in schwarze Seide gekleidet, mit weißer Haube und Schürze. Das war Mrs. Umney, die Haushälterin, die Mrs. Otis auf Lady Cantervilles inständige Bitte hin in ihrer Stellung belassen hatte. Sie knickste tief vor jedem der Ankömmlinge und entbot ihnen auf wunderlich altmodische Weise den Willkomm auf Schloß Canterville. Die Otis' folgten ihr durch die schöne Tudorhalle in die Bibliothek, einen langgestreckten, niedrigen Raum mit

dunkler Eichentäfelung, an dessen Hinterwand sich
ein großes buntes Glasfenster befand. Hier war für
sie zum Tee gedeckt worden, und nachdem sie sich
ihrer Reisemäntel entledigt hatten, setzten sie sich
und begannen Umschau zu halten, während die
Umney sie bediente.

Plötzlich gewahrte Mrs. Otis einen tiefroten Flecken
auf dem Fußboden, gerade vor dem Kamin, und
da sie seiner tieferen Bedeutung unkundig war, sagte
sie zu der Umney: »Dort ist wahrscheinlich etwas
vergossen worden.«

»Ja, gnädige Frau«, antwortete leise die alte Haushälterin, »Blut ist an jener Stelle vergossen worden.«

»Wie schrecklich«, rief Mrs. Otis, »ich mag aber
ganz und gar keine Blutflecken in einem Wohn-
zimmer. Er muß sogleich weggewischt werden.«

Die alte Frau lächelte und antwortete mit der gleichen leisen, geheimnisvollen Stimme: »Es ist das
Blut der Lady Eleanor de Canterville, die an jener
Stelle vom eigenen Gatten, Sir Simon de Canterville, 1575 umgebracht worden ist. Sir Simon hat
sie um neun Jahre überlebt und ist plötzlich unter
geheimnisvollen Umständen verschwunden. Seine
Leiche ward niemals aufgefunden, doch sein schul-
diger Geist spukt noch immer im Schlosse. Den
Blutfleck haben Touristen und andere Leute aufs
höchste angestaunt, und er kann nicht entfernt
werden.«

»Das ist purer Unsinn!« rief Washington Otis.
»Pinkertons Patentstift ›Fleckweg‹ wird im Nu damit fertigwerden«, und ehe die entsetzte Haushälterin dazwischenspringen konnte, kniete er nieder

7

und scheuerte den Fußboden behend mit irgend etwas Winzigem, das aussah wie ein schwarzer Schminkstift. In wenigen Augenblicken war von dem Blutfleck nichts mehr zu sehen.

»Ich wußte ja, daß Pinkerton es schaffen würde«, rief er triumphierend und ließ seinen Blick über die bewundernde Familie schweifen. Allein, kaum hatte er diese Worte ausgesprochen, als ein furchtbarer Blitz jäh den düsteren Raum erhellte und ein schrecklicher Donnerschlag alle aufspringen ließ. Die Umney fiel in Ohnmacht.

»Welch schauderhaftes Klima!« sagte ruhig der amerikanische Botschafter und zündete sich eine lange Zigarre an. »Meiner Meinung nach ist die Alte Welt so übervölkert, daß nicht genug schönes Wetter pro Kopf vorhanden ist. Ich war immer der Ansicht, Auswanderung sei das einzig Mögliche für England.«

»Lieber Hiram«, rief Mrs. Otis, »was sollen wir mit einer Frau anfangen, die ohnmächtig wird?«

»Sie muß dafür aufkommen, wie für zerbrochenes Geschirr«, antwortete der Botschafter, »dann wird sie schon nicht mehr ohnmächtig werden«, und nach wenigen Augenblicken kam die Umney tatsächlich wieder zu sich. Aber zweifellos war sie aufs tiefste erschüttert und flehte Mr. Otis inständig an, er möge vor einem Übel auf der Hut sein, das über das Haus kommen werde.

»Ich habe mit eigenen Augen Dinge gesehen, Sir«, sagte sie, »bei deren Anblick einem Christenmenschen die Haare zu Berge stehen, und viele, viele Nächte habe ich kein Auge zutun können, des Schrecklichen wegen, das hier umgeht.« Mr. Otis

und seine Gattin indessen versicherten der treuen
Seele, sie fürchteten sich nicht vor Gespenstern, und
nachdem die alte Haushälterin den Segen des Himmels auf ihre neue Herrschaft herabgefleht und
einige Worte von Gehaltserhöhung hatte fallen lassen, humpelte sie von dannen in ihr Zimmer.

II

Der Sturm wütete während jener Nacht mit grau-
sigem Ungestüm, doch es ereignete sich nichts Un-
gewöhnliches. Als sich jedoch am nächsten Morgen
die Familie zum Frühstück versammelte, war der
schreckliche Blutfleck wieder auf dem Fußboden.
»Der ›Fleckweg‹-Stift kann unmöglich daran schuld
sein«, sagte Washington, »ich habe ihn verschiedent-
lich erprobt. Dahinter steckt das Gespenst!« Er rieb
also den Fleck noch einmal fort; am nächsten Morgen war er indessen wiederum da. Und das gleiche
war am dritten Morgen der Fall, obwohl Mr. Otis
am Abend eigenhändig die Bibliothek abgeschlossen
und den Schlüssel mit nach oben genommen hatte.
Nun bezeigte die ganze Familie lebhaftes Interesse;
Mr. Otis begann zu argwöhnen, daß er im Leugnen
von Gespenstern zu weit gegangen sei; Mrs. Otis
äußerte die Absicht, einer spiritistischen Gesellschaft
beizutreten, und Washington bereitete einen langen
Brief an das Detektivinstitut Myers & Podmore vor,
die Dauerhaftigkeit von Blutflecken im Zusammen-
hang mit Verbrechen betreffend. In ebenjener Nacht
wurden alle Zweifel bezüglich der objektiven Existenz von Phantomen endgültig behoben.

Der Tag war warm und sonnig gewesen; als es abends kühler wurde, unternahm die ganze Familie eine Spazierfahrt. Erst um neun Uhr kamen sie zurück und nahmen darauf ein leichtes Abendessen zu sich. Die Unterhaltung drehte sich keineswegs um Gespenster, so daß nicht einmal die Vorbedingungen zu empfänglicher Erwartung gegeben waren, die so oft dem Erscheinen okkulter Phänomene vorangeht. Die Gesprächsstoffe waren, wie mir Otis späterhin mitgeteilt hat, durchweg die nämlichen, die für gewöhnlich die Unterhaltung gebildeter Amerikaner der besseren Stände beherrschen: die immense Überlegenheit der Fanny Davenport als Schauspielerin gegenüber Sarah Bernhardt zum Beispiel; die Schwierigkeit, selbst in den besten englischen Häusern Weizengrütze, Buchweizenkuchen und Maisbrei zu bekommen; die Bedeutsamkeit Bostons für die Entwicklung der Weltseele; die Vorteile des Gepäckaufgebens beim Reisen; die Feinheit der New Yorker Aussprache im Vergleich zu der schleppenden Londoner. Mit keiner Silbe wurde Übernatürliches erwähnt, noch wurde irgendwie auf Simon de Canterville angespielt. Um elf Uhr ging die Familie schlafen, und um halb zwölf waren alle Lichter ausgelöscht. Bald darauf wachte Mr. Otis von einem merkwürdigen Geräusch draußen im Korridor auf. Es klang wie Klirren von Metall und schien immer näher zu kommen. Er stand sogleich auf, zündete ein Streichholz an und sah nach, wie spät es sei. Es war Punkt ein Uhr. Er war ganz ruhig und fühlte seinen Puls, der durchaus nicht fieberisch ging. Das seltsame Geräusch dauerte fort, und gleichzeitig hörte er deutlich das Hallen von

Schritten. Er schlüpfte in seine Pantoffeln, nahm ein schmales, längliches Fläschchen aus seiner Nachttischschublade und öffnete die Tür. Unmittelbar sich gegenüber sah er im bleichen Mondlicht einen alten Mann von fürchterlichem Aussehen. Seine Augen glichen roten, glühenden Kohlen; lange graue Haare fielen in verfilzten Strähnen über seine Schultern; seine Kleider, eine uralte Tracht, waren schmutzig und zerfetzt, und von seinen Hand- und Fußgelenken hingen schwere Handschellen und klirrende rostige Ketten.

»Ich muß Sie schon bitten, verehrter Herr«, sagte Mr. Otis, »die Ketten da ein bißchen zu ölen, und ich habe Ihnen zu diesem Zweck eine kleine Flasche Tammanys Aurora-Schmieröl mitgebracht. Es soll schon bei einmaliger Anwendung wirken; zahlreiche Dankschreiben einiger unserer bekanntesten Geistlichen sind auf der Packung abgedruckt. Ich stelle es hier neben die Leuchter und werde mich glücklich schätzen, Ihnen mehr davon zu geben, falls Sie es benötigen.« Mit diesen Worten stellte der Botschafter der Vereinigten Staaten das Fläschchen auf einen Marmortisch, schloß seine Tür und ging wieder zu Bett.

Einen Augenblick lang blieb das Gespenst von Canterville in gerechtem Unwillen regungslos stehen. Dann schmetterte es die Flasche auf den glatten Boden, floh durch den Korridor, stieß hohle Seufzer aus und strahlte in geisterhaftem grünem Licht. Als es indessen am Absatz der großen Eichentreppe ankam, flog eine Tür auf, zwei kleine weißgekleidete Gestalten erschienen, und ein riesiges Kopfkissen sauste dicht an seinem Kopf vorbei! Nun

11

war ganz sicher keine Zeit mehr zu verlieren; rasch nahm es seine Zuflucht in die vierte Dimension, verschwand durch die Wandtäfelung, und das Schloß lag wieder in tiefer Stille da.

Nachdem das Gespenst in einem kleinen Geheimgemach des linken Flügels angelangt war, lehnte es sich gegen einen Mondstrahl, um wieder zu Atem zu kommen, und begann über seine Situation nachzudenken. Niemals in seiner glänzenden, ununterbrochenen, drei Jahrhunderte währenden Laufbahn war es so gröblich beleidigt worden. Es gedachte der verwitweten Herzogin, die vor Schreck einen Nervenschock bekommen hatte, als sie in Spitzen und Diamanten vor dem Spiegel stand; der vier Dienstmädchen, die in hysterische Krämpfe gefallen waren, als es sie bloß mal durch die Vorhänge eines der nichtbenutzten Schlafzimmer angegrinst hatte; des Pfarrherrn, dessen Kerze es ausgepustet hatte, als er eines Nachts spät in die Bibliothek gekommen war, und der seitdem bei Sir William Gull, dem Nervenarzt, in Behandlung war, ein wahrer Märtyrer nervöser Störungen; und der alten Madame de Tremouillac, die eines Morgens früh erwachte und im Armstuhl am Kamin ein Skelett sitzen und ihr Tagebuch lesen sah, was ihr eine Gehirnentzündung einbrachte, die sie sechs Wochen ans Bett fesselte, und die dann nach ihrer Genesung in den Schoß der Kirche zurückkehrte und jegliche Verbindung mit einem gewissen Monsieur de Voltaire, einem notorischen Skeptiker, abbrach. Es gedachte jener schauerlichen Nacht, als der ruchlose Lord Canterville nach Luft schnappend in seinem Ankleidezimmer gefunden wurde, den Karobuben halb im Halse, und vor seinem Tode beichtete, er habe bei Crockford Charles James Fox um 50 000 Pfund bemogelt, mit ebenjener Karte, die, wie er schwur, das Gespenst ihn zu verschlucken gezwungen hatte. Alle diese Großtaten fielen dem Gespenst wieder ein: vom Butler, der sich in der Anrichtekammer erschoß, weil er eine grüne Hand an der Fensterscheibe hatte tasten sehen, bis zu der schönen Lady Stutfield, die immer ein schwarzes Samtband um den Hals tragen mußte, um fünf in ihre Haut gebrannte Fingerspuren zu verbergen, und die sich schließlich hinten im Karpfenteich bei Kings Walk ertränkt hatte. Mit der enthusiastischen Selbstbespiegelungssucht des wahren Künstlers ging es all seine berühmten Kunststücke durch und lächelte bitter, wenn es seines letzten Auftretens als »Roter Ruben oder Der erwürgte Säugling« gedachte, seines Debüts als »Riese Gibeon oder Der Blutsauger vom Bexley-Moor« und der Furore, als es eines lieblichen Juniabends weiter nichts getan hatte, als auf dem Tennisplatze mit seinen eigenen Knochen Kegel zu spielen. Und nach alledem mußten nun ein paar verfluchte moderne Amerikaner kommen und ihm Aurora-Schmieröl anbieten und Kissen an den Kopf werfen! Es war nicht zum Aushalten. Überdies war niemals ein Gespenst so behandelt worden; das stand historisch fest. Deshalb beschloß es, Rache zu nehmen, und verharrte bis zum Morgengrauen in einer Pose tiefen Nachdenkens.

III

Als am nächsten Morgen die Familie Otis am Frühstückstisch saß, wurde die Erscheinung des Gespenstes des langen und breiten durchgesprochen. Der Botschafter der Vereinigten Staaten hatte sich natürlich geärgert, als er gewahrte, daß sein Geschenk nicht angenommen worden war. »Ich möchte dem Gespenst keinesfalls irgendwie zu nahe treten«, meinte er, »und ich muß schon sagen, daß ich in Anbetracht der langen Zeit, die es hier im Schlosse zugebracht hat, es nicht gerade höflich finde, mit Kopfkissen nach ihm zu werfen – –«, eine sehr richtige Bemerkung, die indessen, wie ich zu meinem Leidwesen gestehen muß, die Zwillinge in schallendes Gelächter ausbrechen ließ. »Wenn es andererseits«, fuhr Mr. Otis fort, »wirklich keine Neigung bekundet, sich des Aurora-Schmieröls zu bedienen, sind wir wohl gezwungen, ihm die Ketten wegzunehmen. Wir würden unmöglich schlafen können, wenn solch ein Gelärm vor unseren Schlafzimmern umginge.«

Den Rest der Woche blieben sie indessen ungestört; und das einzige, was einige Aufmerksamkeit erregte, war die beharrliche Erneuerung des Blutflecks auf dem Fußboden der Bibliothek. Das war in der Tat absonderlich, da Mr. Otis allabendlich die Tür verschloß und die Fenster sorgfältig zusperrte. Außerdem zeitigte die chamäleonhafte Natur des Flecks eine beträchtliche Anzahl von Kommentaren. Manchmal war er tief-, fast indischrot, dann mehr karmin, dann wieder von einem satten Purpur, und als sie eines Tages herunterkamen, um dem schlich-

14

ten Ritus der Freien Amerikanischen Reformierten Episkopalkirche gemäß im Familienkreis zu beten, erschien der Fleck leuchtend smaragdgrün. Dieser kaleidoskopische Farbenwechsel belustigte natürlich die Otis' aufs höchste, und allabendlich wurde tüchtig daraufhin gewettet. Die einzige, die keinen Spaß daran hatte, war die kleine Virginia, der aus irgendeinem unerklärlichen Grunde beim Anblick des Blutflecks stets beklommen zumute war und die an jenem Morgen, da er smaragdgrün leuchtete, beinahe zu weinen begann.

Zum zweitenmal erschien das Gespenst in der Sonntagsnacht. Kurz nachdem alle zu Bett gegangen waren, wurden sie jäh durch einen furchtbaren Krach in der Halle aufgeschreckt. Sie eilten die Treppe hinab und sahen, daß eine schwere alte Ritterrüstung sich von ihrem Standort losgelöst hatte und auf den steinernen Boden gefallen war. In einem hochlehnigen Stuhl jedoch saß das Gespenst von Canterville und rieb sich die Knie, schmerzlich verzerrten Gesichts. Die Zwillinge, die ihre Blasrohre mitgebracht hatten, schnellten sogleich zwei Schrotkugeln los, mit einer Treffsicherheit, die nur durch lange und sorgfältige Übung an einem Schreiblehrer erworben werden kann. Der Botschafter der Vereinigten Staaten dagegen richtete den Revolver auf das Gespenst und rief ihm zu, kalifornischen Gepflogenheiten entsprechend, es solle die Hände hochheben! Mit einem wilden Wutschrei sprang das Gespenst empor, schlüpfte wie ein Nebel zwischen ihnen hindurch, löschte im Vorbeischweben Washington Otis' Kerze und gab sie alle der tiefsten Finsternis preis. Am Treppenabsatz jedoch besann es sich seiner selbst und beschloß, in sein berühmt gewordenes dämonisches Gelächter auszubrechen. Bei mehr als einer Gelegenheit war ihm das äußerst dienlich gewesen. Das Gerücht ging, es habe Lord Rakers Perücke in einer einzigen Nacht ergrauen lassen und drei von Lady Cantervilles Gouvernanten zur Kündigung veranlaßt, noch ehe der Monat um war. Also lachte es sein grauenvolles Lachen, daß das alte gewölbte Dach nur so erdröhnte; doch kaum war das fürchterliche Echo erstorben, als eine Tür sich auftat und Mrs. Otis im hellblauen Schlafrock heraustrat. »Ich glaube, Ihnen ist nicht ganz wohl«, sagte sie, »und deshalb habe ich Ihnen eine Flasche ›Doktor Dobells Tropfen‹ mitgebracht. Wenn es Leibschmerzen sind, werden Sie sehen, wie vorzüglich das wirkt.« Das Gespenst starrte sie wütend an und traf Vorbereitungen zur Verwandlung in einen großen schwarzen Hund, eine Leistung, für die es mit Recht berühmt war und der der Hausarzt die unheilbare Verblödung des edlen Thomas Horton zuschrieb, Lord Cantervilles Onkel. Das Geräusch näherkommender Schritte ließ es indessen von seinem Vorhaben abstehen, und so begnügte es sich, schwach zu phosphoreszieren und dann mit einem hohlen Kirchhofseufzer zu verschwinden, just als die Zwillinge herangekommen waren.

In seinem Gemach brach es völlig zusammen und fiel einer heftigen Gemütsbewegung anheim. Die vulgäre Art der Zwillinge, der plumpe Materialismus der Mrs. Otis waren natürlich etwas sehr Peinliches; aber am meisten ärgerte es sich, daß es nicht imstande gewesen war, die Rüstung zu tragen. Es hatte gehofft, daß sogar moderne Amerikaner beim Anblick eines Gespenstes in Waffen erschauern würden, wenn auch nicht aus Gründen der Sensibilität, so doch wenigstens aus Respekt vor ihrem Nationaldichter Longfellow, dessen graziöse und reizvolle Verse dem Gespenst manch langweilige Stunde gekürzt hatten, wenn die Cantervilles in der Stadt waren. Noch dazu war es seine eigene Rüstung. Es hatte sie mit großem Erfolg beim Turnier zu Kenilworth getragen, und niemand Geringeres als die jungfräuliche Königin hatte ihm Schmeichelhaftes darüber gesagt. Doch als es sie jetzt hatte anlegen wollen, war es völlig niedergedrückt worden durch das Gewicht des mächtigen Brustpanzers und des stählernen Helms, war auf das Steinpflaster gefallen, hatte sich beide Knie zerschunden und die Knöchel der rechten Hand gebrochen.

Einige Tage war ihm verzweifelt übel zumute; es verließ sein Gemach lediglich, um den Blutfleck in sauberem Zustande zu erhalten. Da es sich außerordentlich schonte, genas es indessen und entschloß sich zu einem dritten Versuch, den Botschafter der Vereinigten Staaten und die Seinen ins Bockshorn zu jagen. Es wählte Freitag, den 17. August, für sein Erscheinen und verbrachte den größten Teil des Tages mit der Durchsicht seiner Garderobe. Schließlich entschied es sich für einen breitkrempigen Hut mit roter Feder, ein von Kopf bis zu den Füßen reichendes Totenhemd und einen rostigen Dolch. Gegen Abend erhob sich ein heftiger Regensturm, und es wehte so sehr, daß alle Fenster des alten Schlosses klirrten und klapperten. Das war just sein Lieblingswetter. Sein Kriegsplan war der folgende:

es wollte geradewegs in Washington Otis' Zimmer gehen, ihn vom Fußende des Bettes aus in unheimlichen Lauten anreden und sich dann bei den Klängen einer leisen Musik dreimal den Dolch in den Hals stoßen. Washington trug es einen besonderen Groll nach; denn es wußte, daß er es war, der den berühmten Cantervilleschen Blutfleck immer wieder mit seinem Patentstift auslöschte. Hatte es dann den rücksichtslosen, leichtsinnigen jungen Menschen zu Tode erschreckt, so wollte es sich in das gemeinsame Zimmer des Botschafters der Vereinigten Staaten und seiner Gattin begeben, seine feuchte, kalte, klebrige Hand auf Mrs. Otis' Stirn legen und derweil in das Ohr des bebenden Gatten die entsetzlichsten Geheimnisse des Beinhauses flüstern. Der kleinen Virginia gegenüber stand sein Entschluß noch nicht fest. Sie war ihm niemals in irgendeiner Form zu nahe getreten und sah überdies hübsch und anmutig aus. Ein paar tiefe Seufzer aus dem Kleiderschrank, meinte es, würden mehr denn ausreichend sein, oder, wenn sie davon nicht erwachte, könnte man ja mit krampfgelähmten Fingern an den Fensterladen kraspeln. Was jedoch die Zwillinge betraf, so war es fest entschlossen, ihnen eine Lehre zu erteilen. Zunächst einmal mußte es sich ihnen auf die Brust setzen und dadurch ein hartnäckiges Alpdrücken hervorrufen. Da ihre Betten ganz dicht nebeneinander standen, wollte es in Gestalt eines grünen, eiskalten Leichnams zwischen sie treten, bis sie vor Furcht gelähmt waren, schließlich das Totenhemd abwerfen und mit weißgebleichten Knochen und einem einzigen rollenden Augapfel als »Stummer Daniel oder Das Skelett des

Selbstmörders« im Zimmer umherschleichen, in welcher Rolle es bei mehr als einer Gelegenheit eindrucksvoll gewirkt hatte; es erachtete sie als dem berühmten »Martin der Wahnsinnige oder Die geheimnisvolle Maske« völlig gleichwertig.

Um halb elf hörte es die Familie zu Bett gehen. Eine Zeitlang wurde es noch durch das wilde Gelächter der Zwillinge gestört, die mit der leichtherzigen Heiterkeit von Schuljungen augenscheinlich noch ein bißchen Unfug trieben, ehe sie zur Ruhe gingen. Doch um ein Viertel nach elf war alles still, und als die Mitternachtsstunde schlug, machte es sich auf. Eulen flogen gegen die Fensterscheiben, ein Rabe krächzte im alten Eibenbaum, und der Wind seufzte rings um das Schloß wie eine verdammte Seele; allein die Familie Otis schlummerte und wußte nichts von dem ihrer harrenden Verderben; lauter denn Sturm und Regen dröhnte das sonore Schnarchen des Botschafters der Vereinigten Staaten. Das Gespenst schlüpfte verstohlen aus der Wandtäfelung hervor, ein bösartiges Lächeln umspielte seinen grausamen, verrunzelten Mund, und der Mond verbarg das Antlitz hinter einer Wolke, als es am großen Erkerfenster vorüberschlich, wo sein eigenes Wappen und das seines gemordeten Weibes in Blau und Gold gemalt waren. Weiter und weiter glitt es, wie der Schatten des Bösen, und sogar die Finsternis schien Ekel zu empfinden, als es vorüberschwebte. Einmal schien es ihm, als rufe jemand, und es hielt inne; doch es war nur das Bellen des Hundes vom Roten Vorwerk; und so glitt es weiter und murmelte seltsame Cinquecento-Flüche, und hin und wieder stieß es den rostigen

Dolch ins mitternächtige Dunkel. Endlich langte es an der Ecke des Durchgangs an, der in des unseligen Washington Schlafzimmer führte. Dort hielt es kurze Zeite inne, und der Wind sträubte ihm die langen grauen Locken empor und warf das unbeschreiblich grauenvolle Leichenhemd des Toten in groteske, phantastische Falten. Dann schlug die Uhr ein Viertel, und es fühlte seine Stunde gekommen. Es lächelte in sich hinein und ging um die Ecke, aber kaum hatte es das getan, als es mit einem Jammerlaut des Entsetzens zurücktaumelte und sein bleiches Antlitz in den hageren Knochenhänden verbarg. Unmittelbar vor ihm stand ein schreckliches Gespenst, starr wie eine Statue und ungeheuerlich wie der Traum eines Wahnsinnigen! Des andern Kopf war hohl und glänzend; sein Antlitz rund, fett und weiß, ein scheußliches Lachen schien in diesen Zügen zu ewigem Grinsen erstarrt zu sein. Strahlen scharlachroten Lichtes drangen aus seinen Augen, sein Maul war ein breiter Feuerquell, und ein grauenhaftes Gewand, dem eigenen ähnlich, verhüllte schweigend in schneeigem Weiß die titanischen Formen. Auf der Brust trug es eine Tafel mit seltsamen Lettern altertümlichen Charakters, eine Schandtafel offenbar, die Aufzählung wilder Sünden, irgendeine gräßliche Verbrechensliste, und in der rechten Hand, hoch erhoben, hielt es einen Degen aus schimmerndem Stahl.

Da das Gespenst von Canterville noch nie ein Gespenst gesehen hatte, erschrak es natürlich heftig, warf einen hastigen Blick auf das grausige Phantom und floh zurück in sein Gemach, trat sich dabei auf sein schleppendes Leichenhemd, als es durch den

Korridor eilte, und stieß schließlich den rostigen Dolch in des Botschafters Stiefelknecht, wo er am nächsten Morgen vom Butler aufgefunden wurde. In der Einsamkeit des vertrauten Gemachs warf es sich auf sein kleines Feldbett und verhüllte das Gesicht mit seinem Gewand. Nach einer Weile indessen gewann der tapfere alte Canterville-Geist die Oberhand, und es beschloß hinabzugehen, sobald es hell sei, um mit dem andern Gespenst ein Wörtlein zu reden. Als die Dämmerung die Hügel mit Silber überströmte, kehrte es also an jenen Ort zurück, wo es das gräßliche Phantom erblickt hatte; denn es fühlte, daß zwei Gespenster gar nicht so übel seien und daß es mit Hilfe seines neuen Freundes vielleicht sogar der Zwillinge Herr werden könne. Doch als es an jener Stelle anlangte, bot sich ihm ein furchtbarer Anblick. Dem Gespenst mußte etwas zugestoßen sein, denn aller Glanz war aus den hohlen Augen gewichen, der schimmernde Degen war seiner Hand entglitten; es lehnte in einer gekrümmten, unbequemen Haltung an der Wand. Das Gespenst von Canterville stürzte vorwärts und nahm es in seine Arme; doch da fiel zu seinem Entsetzen des anderen Kopf herab und rollte über den Fußboden, der Körper sank hintenüber, und es gewahrte, daß es einen weißen Barchentbettvorhang in der Hand hielt, einen Kehrbesen, ein Küchenmesser, und zu seinen Füßen lag ein hohler Kürbis! Unfähig, diese seltsame Wandlung zu begreifen, langte es mit fieberhafter Hast nach der Tafel, und im grauen Morgenlicht las es die furchtbaren Worte:

Das Otis-Gespenst!
Einzig echter, unverfälschter Originalspuk.
Vor Nachahmungen wird gewarnt.
Alle andern sind Schwindel.

Plötzlich ging ihm ein Licht auf. Es war genarrt, getäuscht, überlistet worden! Der alte Canterville-Blick blitzte aus seinen Augen; es klappte seine zahnlosen Kiefer zusammen, erhob die entfleischten Arme hoch über sein Haupt und schwur, getreu der pittoresken Phraseologie alter Dichterschulen, wenn Chanteclair zweimal in sein heiteres Horn gestoßen habe, sollten blutige Taten geschehen, und leisen Schrittes solle der Mord umherwandeln.

Kaum hatte es seinen schauerlichen Eid vollendet, als vom roten Ziegeldach einer fernen Scheune ein Hahnenruf erscholl. Es lachte ein langes, leises, bitteres Lachen und wartete. Stunde für Stunde wartete es, allein aus einem unerklärlichen Grund krähte der Hahn nicht noch einmal. Um halb acht schließlich, als die Hausmädchen kamen, sah es sich gezwungen, seinen fürchterlichen Wachtposten aufzugeben; es stapfte in sein Gemach zurück und gedachte seiner getäuschten Hoffnung und seiner vereitelten Pläne. Es schlug in mehreren alten Ritterbüchern nach, die es sehr gern hatte, und las, daß bei Gelegenheit jenes Eides Chanteclair stets noch ein zweites Mal gekräht habe. »Fluch und Verdammnis über das elende Biest«, murmelte es. »In früherer Zeit hätte ich ihm den stolzen Speer in die Kehle gerammt, und es hätte zum zweiten Male krähen müssen, wäre das auch sein Todesschrei gewesen!« Dann zog es sich in einen bequemen Bleisarg zurück und verharrte dort bis zum Abend.

IV

Den ganzen nächsten Tag über fühlte sich das Gespenst sehr schwach und matt. Die furchtbaren Aufregungen der letzten vier Wochen begannen zu wirken. Seine Nerven waren völlig zerrüttet; beim geringsten Geräusch schreckte es zusammen. Fünf volle Tage verblieb es in seinem Gemach, und schließlich beschloß es, die Geschichte mit dem Blutfleck auf dem Bibliotheksfußboden aufzugeben. Wenn die Familie Otis ihn nicht brauchte, so war sie seiner offenbar nicht würdig. Augenscheinlich waren das auf einer sehr tiefen, materialistischen Lebensstufe stehende Leute, unfähig, den Symbolwert übersinnlicher Phänomene zu erfassen. Die Frage phantasmagorischer Erscheinungen und die Entwicklung von Astralkörpern war natürlich etwas ganz anderes und unterstand nicht seinem Machtbereich. Es war lediglich seine feierliche Pflicht, einmal allwöchentlich im Korridor zu spuken und den ersten und dritten Mittwoch jeden Monats vom hohen Erkerfenster etwas herab zu murmeln, und es vermochte nicht ausfindig zu machen, wie es sich dieser seiner Obliegenheiten auf eine ehrenhafte Weise entziehen könne. Sicherlich hatte es ein sehr übles Leben geführt, aber alles, was mit dem Übernatürlichen zusammenhing, nahm es peinlich genau. An den nächsten drei Samstagen durchquerte es also, wie üblich, zwischen Mitternacht und drei Uhr morgens den Korridor, aber es hütete sich so sehr wie irgend möglich, gehört oder gesehen zu werden. Es zog seine Stiefel aus, trat, so leicht es nur konnte, auf die alten, wurmstichigen

23

Dielen, trug einen großen schwarzen Samtmantel und gebrauchte vorsichtigerweise Aurora-Schmieröl zum Einfetten seiner Ketten. Ich bin jedoch verpflichtet zu gestehen, daß die Benutzung dieses letzteren Vorbeugungsmittels ihm sehr schwerfiel. Dennoch war es eines Abends, als die Familie beim Essen saß, in Mr. Otis' Schlafzimmer geschlüpft und hatte die Flasche an sich genommen. Zunächst fühlte es sich ein wenig gedemütigt; späterhin war es indessen feinfühlig genug, zu erkennen, daß sich vieles zugunsten jener Erfindung anführen ließe, und bis zu einem gewissen Grad diente sie ja auch seiner Absicht. Aber trotz alledem blieb es nicht unbelästigt. Fortwährend waren Stricke quer durch den Korridor gespannt, über die es in der Dunkelheit stolperte, und einmal, als es sich als »Schwarzer Isaak oder Der Jäger vom Hogley-Wald« kostümiert hatte, tat es einen schweren Fall, denn es war auf einen Butterstreifen geraten, den die Zwillinge von der Tür des Gobelinzimmers bis zum Absatz der Eichentreppe geschmiert hatten. Diese letzte Beleidigung machte es so wütend, daß es sich zu einem äußersten Versuch entschloß, seine Würde und soziale Stellung zu bewahren; es wollte die jungen Etonschüler während der nächsten Nacht in seiner berühmten Rolle als »Ruchloser Rupert oder Der Graf ohne Kopf« heimsuchen.

Seit mehr denn siebzig Jahren war es in dieser Verkleidung nicht aufgetreten, seit es nämlich die hübsche Lady Barbara Modish ebendadurch so erschreckt hatte, daß sie urplötzlich ihr Verlöbnis mit des jetzigen Lord Canterville Großvater brach und mit dem netten Jack Castletown nach Gretna Green durchging. Sie erklärte, nichts in der Welt könne sie veranlassen, in eine Familie zu heiraten, welche dulde, daß solch schauerliches Phantom in der Dämmerung auf der Terrasse spazierengehe. Der arme Jack wurde späterhin zu Wandsworth von Lord Canterville im Duell erschossen, und Lady Barbara starb am gebrochenen Herzen zu Tunbridge Wells, noch ehe das Jahr um war; alles in allem war es also ein durchschlagender Erfolg gewesen. Allerdings war das auch eine außerordentlich schwierige »Maske«, wenn ich mich solch eines technischen Theaterausdrucks in Verbindung mit einem der größten Geheimnisse des Übernatürlichen bedienen darf, oder, um ein wissenschaftliches Wort zu gebrauchen, des Übersinnlichen. Die Vorbereitungen kosteten es volle drei Stunden. Endlich war alles bereit, und es war mit seinem Aussehen sehr zufrieden. Die schweren ledernen Reitstiefel, die zum Kostüm gehörten, waren ihm zwar ein wenig zu weit, und es hatte nur eine der beiden Sattelpistolen finden können, aber im ganzen gefiel es sich, und um ein Viertel nach eins glitt es hinter der Wandtäfelung hervor und schlich hinunter auf den Korridor. Als es vor dem Zimmer der Zwillinge stand, das der Farbe seiner Vorhänge wegen, wie ich erwähnen möchte, das blaue Schlafzimmer genannt wurde, bemerkte es, daß die Tür nur angelehnt war. Da es sich einen effektvollen Auftritt sichern wollte, stieß es sie weit auf; aber da fiel ein schwerer Wasserkrug vor ihm nieder, streifte haarscharf seine linke Schulter und durchnäßte es bis auf die Haut. Im selben Augenblick hörte es ein unterdrücktes Lachen, das aus dem Doppelbett kam. Der

Schreck erschütterte sein Nervensystem so heftig, daß es spornstreichs in sein Gemach zurückrannte, so schnell es immer konnte. Den ganzen nächsten Tag lag es mit einem schweren Schnupfen zu Bett. Der einzig tröstliche Gedanke bei der ganzen Sache war, daß es seinen Kopf nicht mitgenommen hatte; denn wenn das der Fall gewesen wäre, so hätte die Geschichte sehr schwere Folgen haben können.

Nun gab es alle Hoffnung auf, diese ungehobelte Amerikanerfamilie jemals zu erschrecken, und begnügte sich, in leichten Morgenschuhen durch die Gänge zu schleichen, mit einem dicken roten Schal um den Hals aus Furcht vor Zugluft, eine kleine Armbrust in der Hand für den Fall eines Angriffs durch die Zwillinge. Der letzte Schlag, den es erhielt, geschah am 19. September. Es war die Treppe hinuntergegangen, in die große Halle, denn dort, meinte es, würde es sicherlich unbelästigt bleiben. Es unterhielt sich damit, daß es satirische Bemerkungen über die großen Photographien des Botschafters der Vereinigten Staaten und seiner Gemahlin machte, die den Platz der Cantervilleschen Familienbilder eingenommen hatten. Es war einfach, aber ansprechend in ein langes, mit Kirchhofmoder beschmutztes Bahrtuch gekleidet, hatte seine Kinnbacken mit einem gelben Leinenstreifen hochgebunden, trug eine kleine Laterne und eine Totenschaufel. Ja, es hatte sich als »Jonas ohne Grab oder Der Leichenräuber von Chertsey Barn« kostümiert, welche Rolle eine seiner glänzendsten Darbietungen war. Die Cantervilles hatten alle Ursache, daran zu denken, da sie den Grund ihres Zerwürfnisses mit dem benachbarten Lord Rufford bildete. Es war ungefähr ein Viertel nach zwei Uhr morgens, und soweit das Gespenst sich vergewissern konnte, rührte sich nichts. Als es sich indessen nach der Bibliothek schlich, um nachzuschauen, ob eine Spur des Blutflecks übriggeblieben sei, sprangen urplötzlich aus einem dunklen Winkel zwei Gestalten, wirbelten wild die Arme über den Köpfen und schrien ihm »Buh!« in die Ohren.

Zu Tode erschrocken, was unter diesen Umständen ganz natürlich war, stürzte es auf die Treppe zu, aber dort stand Washington Otis und empfing es mit der großen Gartenspritze; von allen Seiten sah es sich von Feinden umstellt und in die Enge getrieben: so flüchtete es sich denn in den großen eisernen Ofen, der glücklicherweise nicht geheizt war, mußte den Heimweg durch Schornsteine nehmen und kam furchtbar schmutzig, verwirrt und verzweifelt in seinem Gemach an.

Von nun an wurde es nicht wieder auf nächtlichen Streifzügen erblickt. Die Zwillinge lauerten ihm des öfteren auf und bestreuten die Korridore allabendlich mit Nußschalen, zum größten Ärger ihrer Eltern und der Dienstboten, aber es half nichts. Augenscheinlich waren des Gespenstes Gefühle so verletzt, daß es nicht mehr willens war zu erscheinen. Infolgedessen vollendete Mr. Otis sein großes Werk über die Geschichte der Demokratie, das ihn mehrere Jahre hindurch beschäftigt hatte; Mrs. Otis veranstaltete ein wundervolles Picknick, worüber die ganze Gegend verblüfft war; die Buben beschäftigten sich mit Lacrosse, Poker und anderen amerikanischen Nationalspielen; und Virginia ritt auf ihrem Pony durch die Parkalleen, wobei der junge Herzog von Cheshire, der seine letzte Ferienwoche auf Schloß Canterville verbrachte, sie begleitete. Alle meinten, das Gespenst sei ausgezogen, und Mr. Otis schrieb einen Brief dieses Inhaltes an Lord Canterville, dessen Antwort seiner Freude über diese Nachricht Ausdruck gab und des Botschafters verehrter Frau Gemahlin Glückwünsche übermittelte.

Indessen hatten die Otis' sich geirrt, denn das Gespenst weilte noch immer im Schloß, und wenn es augenblicklich auch fast als Invalide bezeichnet werden konnte, war es dennoch keineswegs gesonnen, die Dinge auf sich beruhen zu lassen, zumal da es hörte, unter den Gästen befinde sich der junge Herzog von Cheshire, dessen Großonkel Lord Francis Stilton dereinst um hundert Guineen mit Oberst Carbury gewettet hatte, er werde mit dem Gespenst von Canterville würfeln. Am nächsten Morgen hatte er in hilfloser Paralyse auf dem Fußboden des Spielzimmers gelegen; er war zwar steinalt geworden, hatte jedoch sein Lebtag nichts anderes zu sagen vermocht als »double six«. Alle Welt wußte damals um diese Geschichte, obwohl natürlich aus Respekt vor den Gefühlen der beiden edlen Familien alles versucht worden war, sie zu vertuschen; ein ausführlicher Bericht über alles, was damit zusammenhing, befindet sich im dritten Bande von Lord Tattles »Erinnerungen an den Prinzregenten und seine Freunde«. In Anbetracht dieser Umstände war das Gespenst natürlich sehr darauf bedacht, zu zeigen, daß es noch immer Macht über die Stiltons besitze, mit denen es überdies entfernt verwandt war; denn seine Cousine ersten Grades hatte en secondes noces den Sieur de Bulkeley geehelicht, von welchem, wie männiglich bekannt, die Herzöge von Cheshire in gerader Linie abstammen. Demgemäß traf es Vorbereitungen, Virginias jungen Liebhaber in der berühmten Rolle »Der Vampir-Mönch oder Der blutlose Benediktiner« zu erscheinen, die so schauerlich war, daß die alte Lady Startup in der verhängnisvollen Neujahrsnacht des Jahres 1764 bei ihrem Anblick in ein Mark und Bein durchdringendes Geschrei ausbrach, das in einem bösartigen Schlaganfall endete. Drei Tage später starb sie, nachdem sie zuvor die Cantervilles, ihre nächsten Verwandten, enterbt und all ihr Geld ihrem Londoner Apotheker vermacht hatte. Die Furcht des Gespenstes vor den Zwillingen hinderte es indessen im letzten Augenblick am Verlassen seines Zimmers, und der junge Herzog konnte friedlich unter dem großen, mit Straußfederbüscheln geschmückten Baldachin im königlichen Schlafzimmer schlummern und von Virginia träumen.

V

Einige Tage nach diesen Ereignissen unternahmen Virginia und ihr blondlockiger Kavalier einen Spazierritt über die Brockley-Wiesen, und dort geschah es, daß beim Passieren eines Heckendurchschlupfs ihr Kleid einen großen Riß bekam. Deshalb beschloß sie beim Nachhausekommen, die Hinterstiege zu benutzen, damit niemand sie sähe. Als sie am Gobelinzimmer vorübereilte, dessen Tür zufällig offen stand, glaubte sie jemand darin zu sehen. In

29

der Annahme, es sei die Kammerzofe ihrer Mutter, die manchmal dort zu arbeiten pflegte, schaute Virginia hinein, um das Mädchen zu bitten, daß es ihr das Kleid ausbessere. Zu ihrer ungeheuren Überraschung jedoch war es das Gespenst von Canterville in Person! Es saß am Fenster und beobachtete, wie das verblassende Gold der falbenden Bäume durch die Luft wirbelte und wie die roten Blätter taumelnd die lange Allee hinuntertanzten. Es hatte den Kopf in die Hand gestützt; seine ganze Haltung zeugte von tiefer Niedergeschlagenheit. Dermaßen verlassen und hinfällig sah es aus, daß die kleine Virginia, die im ersten Augenblick hatte fortlaufen und sich in ihr Zimmer hatte einschließen wollen, von Mitleid ergriffen wurde und zu versuchen beschloß, ob sie das Gespenst nicht trösten könne. Ihr Schritt war so leicht, und des Gespenstes Schwermut war so tief, daß es ihrer Gegenwart nicht gewahr wurde, bis sie es anredete.

»Sie tun mir so leid«, sagte sie, »aber meine Brüder müssen morgen wieder zurück nach Eton, und wenn Sie sich dann gut aufführen, wird niemand Sie belästigen.«

»Von mir zu verlangen, ich solle mich gut aufführen, ist unsinnig«, antwortete das Gespenst und schaute sich erstaunt nach dem hübschen kleinen Mädchen um, das gewagt hatte, es anzusprechen, »vollkommen unsinnig. Ich muß nun mal mit meinen Ketten rasseln und durch Schlüssellöcher heulen und nachts spazierengehen, wenn Sie das etwa meinen sollten. Das ist mein einziger Lebenszweck.«

»Ganz und gar kein Lebenszweck ist das, und Sie wissen genau, daß Sie sehr unartig gewesen sind.

Am Tage unserer Ankunft hat die Umney uns erzählt, Sie hätten Ihre Frau umgebracht.«

»Zugegeben«, sagte das Gespenst trotzig, »aber das war eine ausgesprochene Familienangelegenheit und ging niemanden etwas an.«

»Es ist aber Sünde, jemanden zu töten«, erwiderte Virginia, die zuweilen in einen lieblichen puritanischen Ernst verfiel, den irgendein neuenglischer Vorfahre ihr vererbt hatte.

»Oh, ich verabscheue die billige Härte abstrakter Sittensätze! Meine Frau war entsetzlich hausbacken, konnte meine Halskrause nicht ordentlich stärken und verstand nicht das geringste vom Kochen. Ja, da hatte ich nun im Hogley-Walde einen Bock geschossen, einen starken Spießer, und wissen Sie, wie sie den für die Tafel zugerichtet hatte? Nun, wir wollen nicht darüber sprechen, es ist ja lange her. Aber wenn ich auch meine Frau umgebracht habe – ich fand es nicht gerade hübsch von ihren Brüdern, daß sie mich dem Hungertode aussetzten.«

»Man hat Sie verhungern lassen? Oh, Mr. Gespenst, Pardon, Sir Simon, sind Sie hungrig? Ich habe ein belegtes Brötchen in der Tasche. Möchten Sie das?«

»Nein, danke, ich esse jetzt gar nichts mehr. Aber es ist doch recht freundlich von Ihnen, und Sie sind auch viel netter als Ihre übrige, schreckliche, rohe, vulgäre, ehrlose Familie.«

»Halt!« rief Virginia und stampfte mit dem Fuß auf. »Sie sind roh und schrecklich und vulgär, und was Ehrlosigkeit betrifft, so wissen Sie, daß Sie die Farben aus meinem Malkasten gestohlen haben, um den lächerlichen Blutfleck in der Bibliothek aufzufrischen. Zuerst haben Sie alles Rot weggenommen,

Karmin eingeschlossen, und ich konnte keine Sonnenuntergänge mehr malen, dann haben Sie zu Smaragdgrün und Chromgelb gegriffen, und schließlich blieb mir nichts als Indigo und Chinesischweiß, und ich konnte nur noch Mondscheinlandschaften tuschen, und die sind immer so traurig und dabei so schwierig! Ich habe niemandem etwas davon erzählt, wenngleich ich sehr böse auf Sie war; überdies ist die Sache höchst albern; denn smaragdgrünes Blut gibt es doch gar nicht!«

»Nun ja«, sagte das Gespenst ziemlich schüchtern, »aber was sollte ich denn tun? Echtes Blut ist heutzutage nur unter großen Schwierigkeiten zu beschaffen, und als Ihr Bruder dann mit seinem ›Fleckweg‹-Stift zu arbeiten anfing, sah ich nicht ein, warum ich meinerseits nicht Ihren Malkasten benutzen sollte. Und was die Farbe anlangt, so ist das Geschmackssache: die Cantervilles beispielsweise haben blaues Blut, das blaueste in ganz England; aber ich weiß, daß Ihr Amerikaner auf solcherlei Dinge wenig Wert legt.«

»Gar nichts wissen Sie, und überhaupt: für Sie wäre es das beste, wenn Sie auswandern und etwas lernen würden. Mein Papa wird nur zu froh sein, wenn er Ihnen freie Überfahrt verschaffen kann, und obwohl auf allem Geistigen hoher Zoll liegt, werden Sie beim Zollamt keinerlei Schwierigkeiten haben, denn die Beamten sind samt und sonders Demokraten. Wenn Sie erst einmal in New York sind, ist Ihnen voller Erfolg sicher. Ich kenne eine Unzahl Leute, die hunderttausend Dollar für einen Großvater geben würden, und für ein Familiengespenst noch weit mehr.«

»Amerika würde mir kaum zusagen.«

»Wahrscheinlich, weil wir keine Ruinen und keine Merkwürdigkeiten haben«, sagte Virginia spöttisch.

»Keine Ruinen! Keine Merkwürdigkeiten!« antwortete das Gespenst; »aber ihr habt doch eure Marine und eure Manieren.«

»Guten Abend. Jetzt gehe ich zu Papa und bitte ihn um eine Woche Extraurlaub für die Zwillinge.«

»Bitte tun Sie das nicht, Miss Virginia«, rief das Gespenst, »ich bin so einsam und so unglücklich, und ich weiß wirklich nicht, was ich tun soll. Ich möchte so gern schlafen und kann es nicht.«

»Welch ein Unsinn! Sie brauchen doch nur zu Bett zu gehen und die Kerze auszublasen. Man hat manchmal große Mühe, sich wach zu halten, insbesondere in der Kirche, aber Einschlafen ist ganz leicht. Sogar Wickelkinder können das, und die sind doch so dumm.«

»Ich habe seit dreihundert Jahren nicht geschlafen«, sagte das Gespenst traurig, und Virginias schöne Blauaugen wurden ganz groß vor Verwunderung. »Seit dreihundert Jahren habe ich nicht geschlafen, und ich bin so müde.«

Virginia wurde ganz ernst, und ihre zierlichen Lippen zitterten wie Rosenblätter. Sie trat zu ihm hin, kniete neben ihm nieder und blickte auf in sein altes, welkes Antlitz.

»Armes, armes Gespenst«, flüsterte sie, »hast du denn kein Plätzchen, wo du schlafen könntest?«

»Weit von hier, jenseits des Fichtenwaldes«, antwortete es mit leiser, träumerischer Stimme, »liegt ein kleiner Garten. Dort wächst hohes, dichtes Gras,

33

dort blühen des Schierlings große, weiße Sterne, dort singt die Nachtigall die ganze Nacht hindurch. Sie singt die ganze Nacht hindurch, und der kalte kristallene Mond schaut hernieder, und die Eibe spreizt ihre riesigen Arme über die Schläfer.«

Virginias Augen wurden dunkel vor Tränen, und sie barg ihr Gesicht in den Händen.

»Den Garten des Todes meinst du«, flüsterte sie.

»Ja, den Tod. Der Tod muß so schön sein. In weicher brauner Erde zu liegen, wogendes Gras über dem Haupt, und der Stille zu lauschen. Kein Gestern mehr, kein Morgen. Zeit vergessen, Leben vergessen, in Frieden sein. Du kannst mir helfen. Du kannst mir die Pforte öffnen zum Haus des Todes, denn Liebe ist mit dir auf allen deinen Wegen, und Liebe ist stärker als der Tod.«

Virginia bebte, ein kalter Schauer überrann sie, und für eine Weile herrschte Schweigen. Ihr war, als träume sie einen schrecklichen Traum.

Dann begann das Gespenst abermals zu sprechen, und seine Stimme klang wie das Seufzen des Windes.

»Hast du schon einmal die alte Prophezeiung auf dem Bibliotheksfenster gelesen?«

»Oh, oft!« rief das kleine Mädchen und blickte auf, »die kenne ich ganz genau. Sie ist in schwarzen Schnörkelbuchstaben gemalt und schwer lesbar. Es sind nur sechs Zeilen:

> ›Wenn's einem goldnen Mädchen gelingt,
> Daß es Sünderlippen zum Beten zwingt,
> Wenn der dürre Mandelbaum Blüten sprießt
> Und ein Kinderauge Tränen vergießt,

Dann wird's im ganzen Schlosse still,
Und Friede kommt nach Canterville.‹

Aber ich weiß nicht, was das bedeuten soll.«
»Es bedeutet«, sagte das Gespenst traurig, »daß du
mit mir um meiner Sünden willen weinen mußt,
denn ich habe keine Tränen; daß du mit mir beten
mußt um meiner Seele Heil, denn ich habe keinen
Glauben. Und dann, wenn du immer lieb und gut
und nett gewesen bist, wird der Todesengel sich
meiner erbarmen. Du wirst in der Dunkelheit
schreckliche Gestalten sehen, und verruchte Stim-
men werden in dein Ohr flüstern, aber sie werden
dir nichts anhaben können, denn gegen die Reinheit
eines Kindes vermag selbst die Hölle nichts.«
Virginia gab keine Antwort, und das Gespenst rang
die Hände in wilder Verzweiflung und blickte nieder auf ihr geneigtes blondes Köpfchen. Plötzlich
erhob sie sich, sehr bleich und mit einem seltsamen
Leuchten in den Augen. »Ich fürchte mich nicht«,
sprach sie mit fester Stimme, »und ich will den
Engel bitten, daß er sich deiner erbarme.«
Mit einem schwachen Freudenrufe stand das Gespenst von seinem Sessel auf, ergriff Virginias
Hand, beugte sich in altmodischer Grandezza darüber und küßte sie. Seine Finger waren kalt wie
Eis, und seine Lippen brannten wie Feuer, aber Virginia wankte nicht, als es sie durch das dämmrige
Gemach führte. Auf die verblaßten Gobelins waren
kleine Jäger gestickt. Sie bliesen in troddelge-
schmückte Hörner und winkten ihr mit winzigen
Händen, umzukehren. »Kehr um, kleine Virginia!«
riefen sie, »kehr um!« Aber das Gespenst umklam-

35

merte ihre Hand noch fester, und sie schloß die
Augen vor den Warnern. Schreckliche Tiere mit
Eidechsenschwänzen und Glotzaugen blinzelten sie
vom geschnitzten Kaminsims an und murmelten:
»Hüte dich, kleine Virginia! Hüte dich. Nie werden
wir dich wiedersehen!« Aber das Gespenst glitt
schneller vorwärts, und Virginia hörte nicht auf
jene. Am Ende des Zimmers hielt das Gespenst inne
und raunte ein paar Worte, die sie nicht verstand.
Sie öffnete die Augen und sah die Mauer langsam
und nebelhaft weichen; eine große schwarze Höh-
lung tat sich vor ihr auf. Ein bitterkalter Wind um-
wehte sie, und sie fühlte, wie etwas sie am Kleide
zupfte. »Schnell, schnell!« rief das Gespenst, »oder
es ist zu spät!« Und im nächsten Augenblick hatte
die Wandtäfelung sich hinter ihnen geschlossen, und
das Gobelinzimmer war leer.

VI

Ungefähr zehn Minuten später wurde zum Tee ge-
schellt, und da Virginia nicht herunterkam, schickte
Mrs. Otis einen der Diener hinauf, daß er sie rufe.
Nach einer kleinen Weile kam er zurück und sagte,
er könne Miss Virginia nirgends finden. Es war des
Kindes Gewohnheit, allabendlich im Garten Blu-
men für den Tafelschmuck zu pflücken, und deshalb
beunruhigte Mrs. Otis sich zunächst nicht. Als es
jedoch sechs schlug und Virginia noch immer nicht
gekommen war, geriet sie in heftige Erregung und
schickte die Buben auf die Suche, während sie selber
mit ihrem Gatten jeden Raum des Schlosses durch-

forschte. Um halb sieben kamen die Buben zurück und sagten, daß sie nicht die geringste Spur der Schwester zu finden vermocht hätten. Nun erreichte aller Aufregung den Gipfelpunkt; keiner wußte, was unternommen werden müsse. Da fiel Mr. Otis plötzlich ein, daß er vor einigen Tagen einer Zigeunerbande die Erlaubnis gegeben hatte, im Park zu lagern. Er brach sogleich nach Blackwell Hollow auf, wo die Zigeuner sich, wie er wußte, befanden; sein ältester Sohn und zwei Gutsknechte begleiteten ihn. Der junge Herzog von Cheshire, der ganz außer sich vor Sorge war, bat flehentlich, mitkommen zu dürfen; allein Mr. Otis erlaubte es nicht, weil er fürchtete, es möge zu Handgreiflichkeiten kommen. Als sie indessen an dem Lagerplatze anlangten, stellte sich heraus, daß die Zigeuner abgezogen waren; und augenscheinlich war ihr Aufbruch ziemlich hastig erfolgt, denn ihr Feuer brannte noch, und im Grase lagen ein paar Teller. Mr. Otis befahl Washington und den Knechten, die Umgebung zu durchsuchen; er selber eilte nach Haus, hetzte Telegramme an alle Polizeiinspektoren der Grafschaft, in denen er sie ersuchte, nach einem kleinen Mädchen Ausschau zu halten, das von Stromern oder Zigeunern geraubt worden sei. Dann ließ er sein Pferd satteln, bestand darauf, daß seine Frau und die drei Buben mit dem Abendessen begannen, und sprengte mit einem Reitknecht auf der Straße nach Ascott davon. Er hatte indessen kaum ein paar Meilen zurückgelegt, als er hörte, daß jemand hinter ihm her galoppierte; und als er sich umschaute, erblickte er den jungen Herzog, der mit hochrotem Gesicht und ohne Hut ihm nachhetzte.

»Tschuldigen Sie, Mr. Otis«, japste der Knabe, »aber ich kann nichts essen, solange Virginia verschwunden ist. Bitte seien Sie nicht böse; aber wenn Sie im Vorjahre das Jawort zu unserer Verlobung gegeben hätten, würde all dieses vermieden worden sein. Nicht wahr, Sie schicken mich nicht heim? Ich kann nicht zurück! Ich will nicht zurück!«

Der Botschafter konnte sich eines Lächelns über den hübschen jungen Brausekopf nicht erwehren, und des Jungen Neigung zu Virginia rührte ihn. So beugte er sich denn vom Pferde nieder, klopfte dem Herzog freundlich auf die Schulter und sagte: »Ja, Cecil, wenn Sie denn nicht umkehren wollen, müssen Sie vermutlich mit mir kommen, aber dann muß ich Ihnen in Ascott einen Hut kaufen.«

»Oh, zum Henker mit meinem Hut! Virginia will ich haben!« rief lachend der junge Herzog, und sie galoppierten zum Bahnhof. Dort beschrieb Mr. Otis dem Stationsvorsteher Virginia und fragte ihn, ob er solch ein Mädchen auf dem Bahnsteig gesehen habe, konnte jedoch nichts erfahren. Der Stationsvorsteher drahtete indessen die ganze Linie in beiden Richtungen ab und versicherte, daß genau aufgepaßt werden würde, und nachdem Mr. Otis bei einem Tuchhändler, der gerade die Rolladen herunterließ, einen Hut für den jungen Herzog erstanden hatte, ritten sie nach Bexley, einem ungefähr vier Meilen entfernten Dorf, das, wie ihm gesagt wurde, ein wohlbekanntes Zigeunernest sei, des in der Nähe liegenden großen Gemeindeangers wegen. Hier trommelten sie den Landgendarm aus dem Bett, konnten jedoch nichts von ihm erfahren, und nachdem sie kreuz und quer über den Gemeindeanger geritten waren, wandten sie die Pferde heimwärts und langten gegen elf Uhr am Schloß an, todmüde und ganz verzweifelt. Washington und die Zwillinge warteten ihrer mit Laternen am Pförtnerhaus, denn in der Allee war es stockfinster. Nicht die geringste Spur von Virginia war gefunden worden. Die Zigeuner hatte man auf den Brockley-Wiesen gestellt, aber Virginia war nicht bei ihnen gewesen, und ihren plötzlichen Aufbruch hatten sie dadurch erklärt, daß sie sagten, sie hätten sich im Datum des Jahrmarktes von Chorton geirrt und sich Hals über Kopf auf den Weg gemacht, aus Furcht, zu spät zu kommen. Sie waren ganz entsetzt gewesen, als sie von Virginias Verschwinden gehört hatten, denn sie waren Mr. Otis sehr dankbar, weil er ihnen erlaubt hatte, in seinem Park zu lagern. Vier von der Bande waren zurückgeblieben, um suchen zu helfen. Der Karpfenteich war abgelassen worden, sie hatten das ganze Schloß durchstöbert, allein ohne den geringsten Erfolg. Es war klar, daß Virginia zumindest für diese Nacht unauffindbar bleiben würde; im Zustand tiefster Niedergeschlagenheit gingen Mr. Otis und die Buben dem Schloß zu; der Reitknecht folgte ihnen mit den beiden Pferden und dem Pony. In der Halle stießen sie auf eine Gruppe erschreckter Dienstboten. Auf einem Sofa in der Bibliothek lag die arme Mrs. Otis, ganz außer sich vor Schrecken und Angst; die alte Haushälterin stand neben ihr und befeuchtete ihr die Stirn mit Eau de Cologne. Mr. Otis bestand darauf, daß sie sogleich etwas esse, und befahl das Nachtmahl für die ganze Gesellschaft. Es war eine melancholische Tafelrunde; kaum einer sprach, und

sogar die Zwillinge waren ganz betäubt und nieder-
geschlagen, denn sie hatten ihre Schwester sehr lieb.
Nach dem Essen schickte sie Mr. Otis, ungeachtet
der Bitte des jungen Herzogs, samt und sonders zu
Bett; er sagte, daß in dieser Nacht nichts mehr
unternommen werden könne und daß er am nächsten Morgen von Scotland Yard telegraphisch ein
paar Detektive anfordern wolle. Just als sie aus
dem Speisezimmer traten, begann es vom Turme
Mitternacht zu schlagen, und als der letzte Glocken-
ton erscholl, hörten sie ein Krachen und einen jähen
schrillen Schrei; ein furchtbarer Donnerschlag erschütterte das Haus, überirdische Musik durchflu-
tete melodisch die Luft, eine Wandvertäfelung oben
im Treppenhaus öffnete sich mit Getöse, und heraus
auf den Treppenabsatz trat, sehr blaß und weiß,
ein Kästchen in der Hand, Virginia. Im gleichen
Augenblick stürzten alle auf sie zu. Mrs. Otis schloß
sie leidenschaftlich in die Arme, der Herzog er-
stickte sie fast mit seinen leidenschaftlichen Küssen,
und die Zwillinge vollführten rings um die Gruppe
einen wilden Kriegstanz.
»Um des Himmels willen, Kind! Wo hast du ge-
steckt?« fragte Mr. Otis beinahe böse, weil er
dachte, sie habe ihnen irgendeinen närrischen Streich
gespielt. »Cecil und ich haben die ganze Gegend
abgeritten und nach dir gesucht, und deine Mutter
hat sich fast zu Tode geängstigt. Du mußt künftig
dergleichen durchtriebene Späße unterlassen!«
»Nur dem Gespenst gegenüber nicht! Nur dem Gespenst gegenüber nicht!« schrien die Zwillinge und
machten Luftsprünge.
»Mein Liebling, Gott sei Dank haben wir dich ge-

funden; du darfst mir niemals mehr von der Seite weichen«, flüsterte Mrs. Otis, küßte das zitternde Kind und liebkoste sein verwirrtes Goldhaar.

»Papa«, sagte Virginia ruhig, »ich war mit dem Gespenst fort. Nun ist es tot, und du mußt kommen und es dir ansehen. Es ist arg böse gewesen, aber all das hat ihm sehr leid getan, und ehe es starb, hat es mir dieses Kästchen mit wunderschönen Juwelen geschenkt.«

Die ganze Familie starrte sie stumm und verblüfft an, doch sie blieb ganz ruhig und ernst; sie wandte sich und führte die Ihrigen durch die Öffnung im Wandgetäfel einen engen, geheimnisvoll-dunklen Gang hinunter; als letzter ging Washington mit einer brennenden Kerze, die er vom Tisch genommen hatte. Schließlich gelangten sie zu einer großen, mit rostigen Nägeln beschlagenen Eichentür. Virginia rührte daran, da flog sie in ihren schweren Angeln auf, und alle traten in einen kleinen, niedrigen Raum mit gewölbter Decke und einem winzigen, vergitterten Fenster. In die Mauer war ein mächtiger Eisenring eingelassen, und daran gekettet war ein hageres Skelett, das der Länge nach auf dem Steinboden lag und, wie es schien, mit langen entfleischten Fingern nach einem altertümlichen Holzteller und einem Krug zu greifen trachtete, die so gestellt waren, daß es sie just nicht mehr zu erreichen vermochte. Augenscheinlich war der Krug dereinst mit Wasser gefüllt gewesen, denn grüner Moder bedeckte seine Innenseite. Auf dem Holzteller lag nichts als eine Staubschicht. Virginia kniete neben dem Skelett nieder, faltete beide Hände und betete stumm, während die übrigen ver-

wundert die furchtbare Tragödie überdachten,
deren Geheimnis sich ihnen jetzt enthüllt hatte.

»Hallo!« rief plötzlich einer der Zwillinge, der aus
dem Fenster geschaut hatte, um herauszubekommen, in welchem Flügel des Schlosses das Gemach
gelegen sei. »Hallo! Der alte verdorrte Mandelbaum steht in voller Blüte, ich kann es ganz deutlich im Mondlicht sehen.«

»Gott hat ihm vergeben«, sagte Virginia ernst und
erhob sich. Ein wundersamer Glanz schien ihr Gesicht zu erhellen.

»Welch ein Engel bist du!« rief der junge Herzog
und umarmte und küßte sie.

VII

Vier Tage nach diesen merkwürdigen Ereignissen
verließ gegen elf Uhr abends ein Trauerzug Schloß
Canterville. Der Leichenwagen wurde von acht
Rappen gezogen, deren jeder auf dem Haupt ein
großes Büschel nickender Straußenfedern trug. Der
Bleisarg war mit einer schweren Purpurdecke verhüllt, die in Goldstickerei das Cantervillesche Wappen trug. Zu beiden Seiten des Leichenwagens und
der Trauerkutschen ging die Dienerschaft mit brennenden Fackeln, und das Ganze war ungemein
stimmungsvoll. Lord Canterville, der Hauptleidtragende, war eigens von Wales herübergekommen,
um der Trauerfeier beizuwohnen; er saß mit der
kleinen Virginia im ersten Wagen. Dann folgten
der Botschafter der Vereinigten Staaten und seine
Gattin, dann Washington und die drei Buben, und

42

in der letzten Kutsche saß die Umney. Alle meinten, sie habe ein Recht, das Gespenst auf seinem letzten Weg zu begleiten, war sie doch mehr denn fünfzig Lebensjahre von ihm in steter Furcht gehalten worden. In der Friedhofsecke war eine tiefe Gruft ausgehoben worden, gerade unter dem alten Eibenbaum, und Ehrwürden Augustus Dampier hielt eine höchst eindrucksvolle Trauerrede. Als die heilige Handlung vorüber war, als die Diener, alter Cantervillescher Familiensitte gemäß, ihre Fackeln gelöscht hatten und der Sarg in die Gruft hinabgesenkt werden sollte, trat Virginia vor und legte ein großes Kreuz aus hellrosa Mandelblüten darauf. In diesem Augenblick kam der Mond hinter einer Wolke hervor und überflutete den kleinen Friedhof mit seinem stillen Silberglanz, und in einem fernen Gebüsch begann eine Nachtigall zu singen. Virginia mußte an des Gespenstes Schilderung vom Garten des Todes denken; ihre Augen füllten sich mit Tränen, und während der Heimfahrt sprach sie kaum ein Wort.

Bevor am nächsten Morgen Lord Canterville zur Stadt zurückkehrte, hatten er und Mr. Otis eine Unterredung der Juwelen wegen, die das Gespenst Virginia geschenkt hatte. Sie waren über die Maßen herrlich, besonders ein Rubinhalsband in alter venezianischer Fassung, eine hervorragend schöne Arbeit aus dem 16. Jahrhundert. Sie waren samt und sonders so wertvoll, daß Mr. Otis beträchtliche Gewissensbisse empfand, ob er seiner Tochter gestatten dürfe, sie anzunehmen.

»Mylord«, sagte er, »mir ist bekannt, daß in diesem Lande Güter der toten Hand sowohl Schmuckstücke als auch Grundbesitz sein können, und mir ist völlig klar, daß diese Juwelen Erbstücke Ihrer Familie sind oder sein sollten. Ich muß Sie dementsprechend bitten, sie mit nach London zu nehmen und sie lediglich als einen Teil Ihres Eigentums zu betrachten, der Ihnen unter gewissen seltsamen Umständen zurückerstattet worden ist. Was nun meine Tochter betrifft, so ist sie bloß ein Kind; und bis jetzt hat sie, wie zu sagen ich glücklich bin, nur geringes Interesse gegenüber dergleichen eitlen Luxusdingen an den Tag gelegt. Meine Frau, die, wie ich sagen darf, durchaus keine Durchschnittsautorität in Kunstfragen ist, denn sie genoß des Vorzugs, während ihrer Mädchenzeit einige Winter in Boston zubringen zu dürfen, meine Frau also hat mir gesagt, diese Steine entsprächen einem hohen Geldwert, und zum Verkauf ausgeboten, würden sie einen beachtlichen Preis erzielen. Unter diesen Umständen, Lord Canterville, werden Sie sich gewiß nicht der Einsicht verschließen, daß es mir unmöglich wäre, zuzugeben, daß sie im Besitze eines Gliedes meiner Familie blieben; wirklich, all dieser eitle Flitterkram und Tand mag vielleicht der Würde englischer Aristokratie angemessen oder notwendig sein; bei Leuten jedoch, die nach den strengen und meiner Meinung nach unsterblichen Grundsätzen republikanischer Einfachheit erzogen worden sind, würde dergleichen völlig fehl am Platz sein. Indessen sollte ich erwähnen, daß Virginia sehr begierig ist, mit Ihrer gütigen Erlaubnis wenigstens das Kästchen zu behalten, als Andenken an Ihren unglücklichen, aber irregeleiteten Vorfahren. Da es außerordentlich alt ist und sich infolgedessen in reichlich schlechtem Zustande befindet, werden Sie möglicherweise geneigt sein, der Bitte der Kleinen nachzugeben. Was mich betrifft, so gestehe ich, daß ich einigermaßen überrascht bin bei der Feststellung, daß eins meiner Kinder mit irgend etwas Mittelalterlichem sympathisiert; ich vermag es lediglich auf die Tatsache zurückzuführen, daß Virginia in einer Ihrer Londoner Vorstädte geboren wurde, kurz nachdem meine Frau von einer Reise nach Athen zurückgekehrt war.«

Lord Canterville hörte des würdigen Botschafters Rede mit großem Ernst an; nur zupfte er dann und wann an seinem grauen Schnurrbart, um ein unwillkürliches Lächeln zu unterdrücken, und als Mr. Otis geendet hatte, schüttelte er ihm aufrichtig die Hand und sprach: »Lieber Freund, Ihr entzückendes Töchterchen hat Sir Simon, meinem unglücklichen Vorfahren, einen sehr bedeutsamen Dienst erwiesen, und sowohl ich als auch meine Familie stehen ihres wundervollen Mutes und ihrer Beherztheit wegen tief in ihrer Schuld. Selbstverständlich gehören die Juwelen ihr, und wahrhaftig, wenn ich herzlos genug wäre, sie ihr wieder fortzunehmen, so würde, glaube ich, der ruchlose alte Bursche innerhalb der nächsten vierzehn Tage aus seinem Grab auferstehen und ganz verteufelt zu spuken beginnen! Um Erbstücke im eigentlichen Sinne handelt es sich übrigens in diesem Falle nicht, denn ein Erbstück ist nur, was in einem Testament oder einem rechtskräftigen Dokument als solches bezeichnet worden ist. Die Existenz dieser Juwelen indessen war völlig unbekannt. Seien Sie überzeugt, daß ich nicht größeren Anspruch darauf habe als

Ihr Butler. Wenn Miss Virginia herangewachsen ist, wird sie sicherlich recht froh sein, daß sie etwas Hübsches tragen kann. Überdies vergessen Sie, Mr. Otis, daß Sie die Einrichtung mitsamt dem Gespenst zum Schätzungspreise übernommen haben; damit ist zugleich alles, was dem Gespenst gehört hat, in Ihren Besitz übergegangen: welche Tätigkeit auch Sir Simon im Korridor entfaltet haben mag – er war gesetzlich tot, und sein Eigentum haben Sie durch Kauf erworben.«

Lord Cantervilles Weigerung verwirrte Mr. Otis einigermaßen, und der Botschafter bat den Lord, er möge sich die Sache nochmals überlegen; allein der gutmütige Peer beharrte bei seinem Entschluß und brachte schließlich den Botschafter dahin, daß er seiner Tochter erlaubte, des Gespenstes Geschenk zu behalten. Und als im Frühjahr 1890 die junge Herzogin von Cheshire angelegentlich ihrer Hochzeit der Königin ihre Aufwartung machte, erregten ihre Juwelen allgemeine Aufmerksamkeit. Denn Virginia bekam die Adelskrone, was ja die Belohnung aller guten kleinen Amerikanerinnen ist, und heiratete ihren Jugendgespielen, sobald er großjährig war. Beide sahen so reizend aus und liebten einander so sehr, daß alle Welt von dieser Verbindung entzückt war, die alte Marquise von Dumbleton ausgenommen, die den Herzog für eine ihrer sieben unverheirateten Töchter einzufangen getrachtet und zu diesem Zweck nicht weniger als drei pompöse Diners gegeben hatte; ausgenommen auch, so seltsam das immer klingen möge, Mr. Otis selber. Persönlich hatte er den jungen Herzog sehr gern, aber theoretisch waren ihm Titel ein Greuel, und, um seine eigenen Worte zu gebrauchen, »er konnte sich letztlich doch nicht ganz der Besorgnis erwehren, daß inmitten des entnervenden Einflusses der vergnügungssüchtigen Aristokratie die echten Grundsätze republikanischer Einfachheit in Vergessenheit geraten möchten«. Indessen wurden seine Einwände völlig überstimmt, und ich bin überzeugt, daß es in ganz England keinen stolzeren Mann als Otis gab, als er, seine Tochter am Arm, durch das Schiff der St.-Georgs-Kirche am Hanover Square schritt.

Nachdem die Flitterwochen vorüber waren, bezogen der Herzog und die Herzogin Schloß Canterville, und am Tag nach ihrer Ankunft machten sie nachmittags einen Spaziergang nach dem einsamen Friedhof beim Fichtenwald. Es hatte mancherlei Schwierigkeit gegeben, welche Grabschrift auf Sir Simons Leichenstein gesetzt werden sollte; schließlich hatte man sich jedoch dahingehend geeinigt, daß lediglich des alten Edelmannes Initialen eingehauen werden sollten, sowie der Spruch vom Bibliotheksfenster. Die Herzogin hatte ein paar liebliche Rosen mitgebracht, die sie auf das Grab streute, und nachdem sie einige Zeit davorgestanden hatten, schlenderten sie hinüber nach der verfallenen Kapelle der alten Abtei. Dort setzte sich die Herzogin auf eine umgestürzte Säule, während ihr Gemahl zu ihren Füßen lag, eine Zigarette rauchte und in ihre schönen Augen blickte. Plötzlich warf er die Zigarette fort, langte nach ihrer Hand und sprach zu ihr: »Virginia, eine Frau darf vor ihrem Mann keine Geheimnisse haben.«

»Lieber Cecil, ich habe keine Geheimnisse vor dir!«

»Doch, doch«, antwortete er lächelnd, »du hast mir niemals erzählt, was mit dir geschah, als du mit dem Gespenst eingeschlossen warst.«

»Das habe ich niemandem erzählt, Cecil«, sagte Virginia ernst.

»Ich weiß; aber mir solltest du es sagen.«

»Bitte frag mich nicht, Cecil; ich kann es dir nicht sagen. Der arme Sir Simon! Ich verdanke ihm so viel! Lach nur nicht, Cecil, es ist wirklich so. Er ließ mich erkennen, was das Leben ist und was der Tod bedeutet und weshalb die Liebe stärker ist als beide.«

Der Herzog stand auf und küßte seine Frau liebevoll.

»Du darfst dein Geheimnis behalten, solange ich dein Herz habe«, flüsterte er.

»Das wirst du immer haben, Cecil.«

»Und einstmals erzählst du alles unsern Kindern, nicht wahr?«

Virginia errötete.